서른 인생의
끝에는

겨울을 이겨내지 않고는 꽃은 피지 않는다

서툰 인생의 끝에는

려도행 시집

바른북스

시집을 내면서

한 번은 꼭 말해야지
말해야지 벼르던 끝에
기회가 왔다 싶으면 꼭
다른 일이 생기거나,
말로만 하면 뭐하나 싶어
핑곗거리 하나 찾아내
가슴 속에 묻어두곤 했지요.

맘속으로 기도하면 되지
꼭 말로 해서
내 맘을 보여줘야 한다면 그건
진정한 관계가 아니다 싶어
맘에만 간직했지요.

봄꽃이 지는 것을 보면서 깨달았습니다.
화사하던 그 잎이 쪼그라들어
거무튀튀하게 떨어지고 말면
벌, 나비도 찾지 않는 것을 보면서 말이에요.

벌, 나비가 찾아들 때
꿀맛 나는 사랑을 주어야 한다는 것을요.

이런저런 마음을
주고 싶은 분들에게
미안하다
고맙다
좋아한다
사랑한다
용기 내 말할 때가 바로 '지금'임을요.

매일 오르내리는 산자락에
서 있는 소나무와
그 곁에 누워 있는 바위와
가지 끝에서 반겨주는 새들과
청량한 바람
계곡 물소리
이름도 모를 작은 꽃들에게까지
사랑의 마음 보여줄 때가 바로 '지금'임을요.

지켜봐 준 가족들, 축하의 글을 써주신 림계린 시인과 권혜정 시인, 캘리 지도와 조언해 주신 신창숙 작가 그리고 바른북스 출판사에 깊이 감사드립니다.

2022년 3월
려도행

시집 출간을 축하하며

림계린 민조 시인

운곡서당 주인
행복문협 회원
자유문학 회원
민조시학 회원

　려도행 시인의 시를 읽다가 보면 시인의 솔직하고 담백한 품성에 끌리게 된다. 그리고 선 굵은 인생 조감도를 보는 것 같은 생각이 든다. 깊은 통찰력의 묵직한 언어들이 선명한 대조 속에 이지적인 이성과 휘몰아치는 감정을 한꺼번에, 가슴에 또는 머리에 각인한다. 그 나이에 아주 깊은 인생 체험이 녹아 있는 시를 쓰는 게 놀랍다. 나에게 특별한 감동을 준 시 한 편을 예로 들어보자.

　애기들은 크느라 아프고
　청년들은 철드느라 아프고

　중년들은 돈 버느라 아프고
　늙은이들은 늙느라 아프고

......

평생이 아픔인데
기쁨으로 아픔을 낳고
즐거움으로 아픔을 기르며

그 아픔에 희망과 용기를 품는다
(〈아픔, 곧 희망〉)

　위의 시에서 '아픔 속에서 희망을 이끌어내는 역설'
은 우리 인생과 자연의 섭리 중에서 가장 근원적인 본
령이다. 즐거움으로 아픔을 기르는 뜨거운 인간애가 우
리 인류의 역사를 이루어낸 것이 아니겠는가? 또한 아
픔 속에서 끊임없이 희망을 추구하며 살아가는 우리 인
생은 가정에서 사회에서 국가 안에서 전 세계 인류의
범위 안에서 공공선의 의지로 확장될 수 있을 것이다.

　려도행 시인은 종교적이고 철학적인 깊이가 있는 사
유(思惟)의 체로 뜨거운 인간애가 펄펄 끓는 인생을 건
져 올려 언어와 그림글씨(캘리그라피)로 우리에게 시원

한 카타르시스를 체험하게 한다. 왜냐하면 그의 선 굵고 강렬한 언어들은 시원시원하고 솔직 담백하기 때문이다.

　려도행 시인의 첫 시집 발간을 축하하며 앞으로 더욱 감동적인 시를 많이 써서 더 많은 사람들에게 더 큰 감동을 주기를 바란다.

2022년 3월 5일 치악산 꽃밭머리길에서

시집 출간을 축하하며

권혜정 시인 · 수묵화 작가

《조선문학》으로 등단
국제펜클럽 회원
한국문인협회 회원
시집《너의 어깨 위에》
《펜문학지》·《조선문학지》·
《시와문화》등에 작품 다수 발표

한옥집에 살던 어린 시절
창호지를 뚫고 들어오던 아침 햇살은
참으로 고왔다.

추운 겨울 오후
베란다 가득 넘치는 햇살도
찬란하게 고운 빛이고
따뜻한 봄 새싹 위로 쏟아지는 고운 빛도
축복처럼 눈이 부시다.

어디 그뿐이랴
사람들 중에도 그런 고운 빛을 내는 사람이 있다.
늘 싱그러운 미소와 정제된 언어로 고운 빛을 띠는 사람
바로 려도행 시인이다.

시인은 짧은 대화 속에서도 시를 만들어
주머니 속에 고이 간직해 둔다.
그녀의 주머니 속에서는 무궁무진한
고운 빛들이 뿌리를 내렸을 것이다.
바람 소리, 풀 한 포기에도
시인의 배려는 곱고도 고운 빛을 만들어낸다.

오래도록 간직해 왔던 빛들을 시로 엮고
따스한 봄볕으로 책을 만든다 하니
축하하는 마음이 크다.

시집을 펼치는 모든 이들의 가슴에
려 시인의 고운 언어가
더 찬란한 기쁨으로 피어날 것을 믿는다.

2022년 3월 이른 봄날에

차례

제1부
자연에서 왔다가 자연으로 가면서

제2부
서툰 인생의 끝에는

제3부
아픔, 곧 희망

제4부
그리고 쓰고 즐기고…
꽃처럼 살 거야

의미 없이 이 세상에
오는 건 없어

제1부

자연에서 왔다가
자연으로 가연서

2024. 7. 11.
려도행

자연에서 왔다가 자연으로 가면서

누구나 자연에서 왔지만
자연을 지배하려 한다

자연 속에 살지만
자연을 살려주지 않는다

자연을 이용하지만
자연에게 이용당할까 두려워한다

자연을 즐기지만
자연의 친구가 되지 못한다

지저분하고 미개하다 몸서리를 친다
그 품에 영원히 잠들 거면서

봄꽃이 피기까지

봄꽃이 반가운 이유는
끝나지 않을 것 같던
아프도록 추운 겨울을
물리쳐 준 때문이고

그토록 아름다운 이유는
얼려 죽일듯한 눈보라도
반짝이는 눈꽃으로 만드는 법을
곁눈질해 둔 때문이다

겨울을 이겨내지 않고는
꽃은 피지 않는다

연꽃

가식적이라고 말하지 마세요
고운 빛깔로 웃고 있다고
맑은 이슬 머금고 연초록으로 빛나고 있다고
네 발이 어디 담겨 있는지 보라고 말하지 마세요

고여 썩은 진흙탕 속 태생
넓은 잎으로 살짝 가리고
보얗게 분칠한 바알간 얼굴로 피어났다고
가식적이라 말하지 마세요

밑바닥 그대로
구질구질한 이파리에
꾀죄죄한 꽃 피운 것보다
대견하지 않은가요?

해바라기

동트면서부터
노을이 지기까지
일편단심 바라기

봉오리 벌어지라 바라고
얼굴 커지라 바라고
씨알 굵어지라 바라고

순한 볕만으론 부실할까
맨몸으로 비바람 맞받아가며
커다란 해님 하나 피워 올린
몸매는 어찌 그다지도 가늘단 말인가

발목이 꺾이고 허리가 휘어도
그분 닮은 그것만은 지키려는
소망 이룬 그 순간,

그을은 얼굴 부끄러워
고개를 떨구네

수선화 예찬

차가운 강기슭에 발을 담그고
뼛속까지 치미는 냉기를 느끼며
웃음 반 울음 반 그의 곁에 서본다
추위를 견디며 매혹적인 꽃 피우는 그 고통을
사람들은 외로움이라 말하나 보다

두툼한 껍질을 뒤집어쓰고
혹은 보송보송한 솜털 옷으로 몸을 감싸고
포근히 보내는 한겨울에
말간 속내까지 드러내며 한기를 이겨내는 것을
사람들은 의지라 말하나 보다

여리디여린 파란 잎으로 꽃대를 받치고 서서
겨울 눈 빛 닮은 하얀 꽃잎 속에
샛노란 등불 같은 꽃술 달고 있은들
찾아주는 벌과 나비 없으니
가장 깊은 곳에 박힌 심장을 나눌밖에
사람들은 그것을 정열이라 말하나 보다

한겨울에 맞서 피어선
도도한 자태로 당당히
강물에 제 몸 비추며 즐기는 것이 전부인
그대 수선화여!

나팔꽃

긴 밤 조바심내며
과연 어떤 세상이기에

뜬눈으로 지새고
드디어 맞은

아침의 영광!

놀라움
반가움
기쁨
소리 없이 터뜨리며

하늘로 하늘로 피워 올리는
화려한 나팔들의 행렬

열정적인 한낮의 생을 살아내곤
소리 없이 떨어진다

영광은

짧을수록 빛나도다!

愛松歌

서로는 아니다 짝사랑이다
껴안고 매달리고
등을 부딪고 얼굴을 부비고
오늘은 기어코 들으려
그의 가슴에 귀를 댄다

가슴이 뛴다
거칠거칠 굵직한 소릴까
뾰족한 잎처럼 까칠할까
솔방울처럼 둥글둥글
울림이 번져 나올까

긴장한 채 대고 있는 귀에
가만히 들려오는 건
바람 소리, 새소리, 그리고 푸른 숨소리

잠시 머물고 스치는 나처럼
소유하지 마라 바람이 속삭인다
가지에 앉아 날개 쉬며
세상 얘기 들려주는 나처럼
고운 노래로 갚으라 새가 지저귄다

말없이 듬직한 그를
조용히 안아주고 돌아와
사랑가를 부른다

자작나무 숲

자작나무 숲이라야
사랑도 빛나고
흑백으로 흐려지는 추억도
은빛으로 반짝일 수 있죠

사시나무 아래서보다는
속삭이기도
다짐하기도
폼 나지 않겠어요
투르게네프처럼 이별 선언하기도요

새봄
굵어진 은기둥에 기대어
또다시 밀회를 즐길 수 있겠죠

자작나무 숲에서라면!

목련으로 오시는 그대

달빛에 어룽대는 그림자 하나
날 그리며 찾아온 사랑인가
달뜬 마음으로 창문을 열면

아!
하얗게 빛나는 목련 한 송이

봄밤
우아한 자태로 오시어
한참을 망설이던 붓끝을 날아오르게 하시네
그대에게서 욕망의 목마름이나 채우려는
나를 한없이 높여주시네

하얀 목련으로 오시는 그대
입가에 고운 노래 흐르게 하시네

바람 1

누구는 바람이 좋다 하고
누구는 바람이 싫다 하나

바람은 그저
제 모양대로 오갈 뿐이지

흙먼지 날릴까
복사꽃 고운 잎 질까
멈추길 바라니

한 줄기 바람 기다리는
민들레 홀씨 하나
사알짝 눈 흘기며
작은 몸 부풀리네

가을 숲

가을 숲으로 가자
초록이 가을빛에게 자리를 내주고
물러간 가을 숲으로 가자

꽃빛보다 아름답게 늙고
떨어져 누운 사체마저 아름다운
가을 숲은
발자국 옮길 때마다 속삭인다

한여름 무더위와 싸웠노라
폭풍우 불던 날도 꽃을 피웠노라
수많은 유혹도 뿌리치고
생명을 지켜왔노라고

가을 숲에선
풍성한 열매와 함께
추억이 익어간다

이 봄, 꽃이 오히려 슬퍼

-2019년 12월에 번지기 시작한 코로나19를 겪으며 맞이한 2020년 봄-

봄의 신호탄 산수유를 시작으로
목련이 피고
개나리가 피고
진달래가 피고
철쭉이 따라 피고

꽃 따라 산으로 들로
인간 꽃이 피어야 제대로인데
2020 봄은
듣도 보도 못한 풍경

일상이 무너진 사람들은
어지러이 헤매고
서로를 경계한다네

가던 곳, 하던 일 막혀
허전함에 카페로 모여들어
하루 종일 노트북과 씨름이라네

공장도 멈추고
비행기도 땅으로 가라앉고
차들도 쭈그리고 섰고

덕분에 맑아진 공기 한껏 들이마시며
피어나는 봄꽃들

흐드러지게 피운들
즐기는 이 없으니

이 봄,
만개한 꽃이 오히려 슬프다네

착각

이른 봄
버려진 조각 땅
가르마 타고 손질해 주었네
촉촉이 내리는 봄비 속에
씨 뿌리고 도닥여 주었네
뾰죽 내민 싹이 한없이 사랑스러워
흙투성이 되기도 두렵지 않았네

뜨거운 햇살 아래 꽃 피우고
열매를 맺었다네
다 내 덕인 줄 알았다네

하늘이 찢어질 듯
휘몰아치는 폭풍에 뿌리째
날아가 버렸다네

내 덕에 싹 트고
내 공에 열매 맺고
내 사랑만 믿었건만

비, 바람, 햇살, 벌, 나비
하릴없이 그의 곁에 맴돌던
그 사랑 덕임을 몰랐던

오만한 착각!

밀레를 그리다

자연 속에 살면서
자연을 그린
자연의 화가

앞치마 두른 여자의 팔뚝에선
자연을 짓는 우직함이 드러나고
괭이질에 지친 농군에게선
자연에 순응하는 순진함이 보인다

땀에 절어
채 익지도 않은 포도주라도 마신 양
흥에 취해 불콰한 일꾼의 얼굴엔
소득과 함께 주어질
무엇을 고대하는 눈빛이 빛난다

흙과 땀과 씨앗과 햇빛……

생명을 이어온
자연을 그린
밀레를 그린다

까마귀 1

날이 밝았다고
어서 일어나라고 할 때도

까악, 까악
낯선 손님 들어선다고
반갑다고 맞아줄 때도

합격하면 기쁘다고
떨어지면 안됐다고 할 때도

막내딸 하얀 드레스 입는 날에도
할아버지 상복 입는 날에도
제빛, 제소리를 바꾸지 않고

작은 일에도
울고 웃는 나를 비웃듯
까악, 까악
초지일관 한소리

까마귀 2

냄새를 맡았는가
까악 까악

음울한 울음 울며 빙빙
가까이로 좀 더 멀리로
떼거리를 불러 모은다

어쩌자는 거냐
살고픈 생명력은
팔딱거리는데
모른 척 눈 감고
지나가 줄 수는 없는 게냐

진달래 꽃잎은 떨어지고
바싹 말랐던 나뭇가지 끝엔
연둣빛 순이 바시시
얼굴을 내미는 이 봄에

까마귀 넌
그리도 죽음을 노래하고 싶으냐!

가을에 시를 쓰지 않은 건

가을로 시를 쓴 것이 별로 없다
글자로 그 빛깔을 살려낼
글자로 그 생김을 그려낼
글자로 그 맛을 우려낼

가을은 글자에 담을 만큼
작은 느낌이 아니다

담아도 담아도 눈에 넘치고
불러도 불러도 멈출 수 없어
들판이나 산길이나 어디라도
가을 한복판에 몸을 던져
나도 가을이고자 했다

진달래의 외침

이 산 저 산
지천으로 핀다 해도
반갑지 않은 송이가 있을까

오래지 않아 뚝뚝 떨어진다 해도
얄따란 입술 파르르 떨며
새봄이 온다고
다시 꽃이 핀다고
송이마다 외치는데

꽃 한 송이
피우고 싶어
아! 나도 살고 싶어

너나 나나 한 번 피고 지지
아무도 죽으려고 태어나진 않아

짧은 날을 산다 해도
그 흔한 진달래로 피었다 해도
그냥 피었다 지는 건 아니야

의미 없이 이 세상에 오는 건 없어!

2021. 4. 12. 林

그리운 겨울

엄동설한 정월엔
눈과 함께 놀았다
밤새 하얀 눈이 내린 아침이면
숯검정 눈썹 치켜올린 눈사람 마당 가운데 세우고
눈 위를 구르고 주먹만큼 뭉쳐 던지며 놀다가
장독대 위의 눈 한 움큼 입안에 넣고 목을 축였다

버쩍버쩍 얼어붙는 정월엔
얼음과 함께 놀았다
사방치기 납작 돌은 얼음 조각이 대신하고
시냇가 얼음 구멍으로 낚싯줄 드리우고
큼지막한 얼음 배 노 저으며 멋을 내다가
추녀 끝에 늘어진 고드름 하나 우두둑 깨물며 목을 축
였다

비탈진 오르막은 비닐 눈썰매가 내리 달리고
물 고인 웅덩이 위에선 팽이가 돌고
꽁꽁 언 논바닥에선 얼음지치기
추위도 잊은 채 그렇게
정월은 눈과 얼음과 놀았었는데

.

2020년 정월엔
눈다운 눈 한 번
얼음다운 얼음 한 번 못 보고
때 이른 개나리, 목련에 감탄 아닌 비명이 터졌다

겨울은 맛도 못 봤는데!

아, 겨울이여!

겨울 낙엽

눈 속에서
얼었다 녹았다를 반복하며
마를 대로 마른 갈참나무 잎들
체중 실어 밟으니
'바스락'
먼지 되어 흙 속으로 사라지네

여름 한 철
그다지도 푸르고 무성하게
그늘 베풀다
불그죽죽한 빛깔로
가을을 맞더니

세차게 몰아치는 바람에
땅 위로 떨어져 뒹굴다
그렇게도 그늘이 좋다며
즐기던 이의 발아래 밟혀
뼈가 으스러지면서도
'바스락'
나지막이 속삭일 뿐

원망은 없다네
돌아감에 순종할 뿐이라네

지는 꽃잎에게

고운 얼굴 어딜 가고
허옇게 질려 누운 모습이
세월의 덧없음을 말하네

하늘거리며 벌 나비 부르며
자랑스레 흔들던 몸짓들 사라지고
쪼그라든 모습이 한스럽네

그러나
그 짧은 날 네가 피지 않았던들
벌 나비는 누굴 사랑하고
메마른 영혼들 탄성 한 번
질러볼 일이 있었겠느냐

흙으로 돌아가려 누운 그 자리
새 생명 기약하며

가거라

남기고 가는 너의 심장은
성숙의 길을 걸을 것이니!

수선화에게 지운 십자가

다들 잠자는 고요한 겨울에
꽃을 피우는 이에게
외로워하지 말라
재촉하는 것은 너무도 가엾지 않은가요

하필이면 그 차디찬 물속에 앉아
꽃을 피우는 이에게
특별할 것도 없다
아무것도 아닌 일로 치부하긴 너무 비정하지 않은가요

추운 강가에서 등불 밝히듯 피는
어여쁜 님과 같은 이에게
제 십자가 스스로 져라
삶의 무게로 짓누르는 일은 혹독하지 않은가요

청초함 간직한 고운 모습
그윽한 향기 담뿍 머금은 이에게
유혹하지 마라
가슴을 찢는 말은
얼마나 더 사무치게 하는가요

누구의 가슴에선가
한 편의 시로 탄생하는
사람이 있다

제2부

서툰 인생의 끝에는

살
애순가 처음하는
일등빵 틀고 타이밍도
어긋나면 준 투성이로
버무려 교안다

가고 싶은 길, 가야만 하는 길

새로운 길로 들어섰습니다
늘 바라보며 동경하던 길이지만
탄탄대로도 아니고
단풍나무 숲이 우거진 아름다운 길도 아닙니다
그렇다고 돌밭길도
진흙탕 길도 아닙니다

많은 이들이 걷고 있지만
표정은 다 다릅니다
알 수 없는 길입니다
짙은 안개 속에서 전진하듯
나무와 바람에 물어물어
천천히 찾아가리라 마음먹습니다

새롭게 만나는 풍경과 사람들에게
반갑게 인사하며 걸어가리라
내가 이 길을 만드는 것인지
이 길이 나를 이끄는 것인지
어우러져 하나가 되렵니다

어디쯤에 있을
아름다운 시를 찾는 순간
이 길에 들어선 지금처럼 기뻐하며
또 다른 새로운 길이 나올 때까지
큰 소리로 노래하렵니다

살아 있는 한
어쩌면 죽어서도
가야만 하는 길인지도 모르거든요

시가 되는 사람

누구는 같이 놀고 싶고
누구는 여행하고 싶고
누구는 술 한잔하고 싶다

누구는 겸손하게 하고
누구는 부끄럽게 하고
누구는 자랑하게 한다

어떤 이는 그리웁게 하고
어떤 이는 생각하게 하고
어떤 이는 노래하게 한다

시심 하나 둥실 떠오르게 하는 사람
누구의 가슴에선가
한 편의 시로 탄생하는 사람이 있다

아기가 태어나듯

이제 더 이상
좋은 시는 없어

이제 시는 쓸 필요가 없다고
노트북을 닫는다

내 아기가
젤 예쁘고
잘생긴 줄로 믿었었는데

그 아기가 낳은 아기는
몇 곱절 더 곱고
몇 곱절 더 귀하다

생명이 이어지듯
아름다운 노래는 계속되리라

아기가 또 아기를 낳듯
시인의 가슴엔 끊임없이
시 멍울 잡히리라

새벽

새벽 문득
잠에서 깨어보니
살아온 날과 살아갈 날들이
서로
더 귀하고 힘들다 겨루네

세월은 그저 흐르기만 했을 뿐
하루하루 견뎌온 건 난데
남은 날들 짐 지고 갈 건 난데

싸우지 마라
공치사 마라

별도리 없다

살아온 날들
예쁘게 포장하고
살아갈 날들
씩씩하게 맞을밖에

창을 넘어선 해가

맞서자 하네

꿈꾸는 항구

밴댕이도 낯짝이 있는지
옛말이 궁금해
제철이라 하니
서해로 서해로 달렸다

강화도도 건너뛰고
바다 위를 달려
석모도 끄트머리
서해와 마주 섰다

밴댕이 무침 한 접시
앞에 놓고 앉은 사람은
밴댕이로 만족하지 못하지

어구들 어지러이 늘어진 채
갯벌에 비스듬히 매여진 배 역시
다녀온 항해가 끝은 아니지

먼 수평선 바라보며
배사다리 위에 앉은 새
또한 마찬가지지

배는 묶여 있는 게 아니야
새는 앉아 있는 게 아니야
꿈을 꾸고 있는 게야
더 멀리
떠날 채비를 하고 있는 게야

오대양을 거쳐 서해로 달려온 바람처럼!

포기

포기하지 않으면
완벽하게 얻을 수 있는 건
아무것도 없다

산을 오르면서
바다를 그리면
산의 아름다움에
취하기 어렵다

화사하게 피어나는
봄꽃들 앞에서
가을의 단풍을 그리면
향기를 맡지 못한다

치열한 삶 앞에서
안락하기를 꿈꾸면
열정은 식고
삶의 참맛을 알 수 없다

산을 오를 땐
바다를 포기한 것이고
봄꽃을 대할 땐
단풍을 포기한 것이며

삶 앞에선
죽음 같은 안락함은 잊어야 한다

선택1-비탈진 골목길

어스름 귀갓길
인헌 시장 지나
비탈진 골목길 접어들 땐
선택의 기로에 선다
이것저것 사 들어 빈손도 아니면서

갓 볶은 원두 향 풍기는 찻집
작은 화분 늘어놓은 꽃집
닥종이 인형들 빼꼼히 내다보는 미술 학원
생일 촛불 밝힐 알록달록 떡 케익점
인도로 내 건 옷가게
재재거리며 뛰노는 꼬마들 놀이터

소소한 구경거리들 놓치기 아까워
비탈진 골목길로 들어선다

구경거리에 느려지는 발걸음
손에 든 것들이 무게를 더하며
힘에 부칠 때면 후회하지만
골목길로 들어선 순간
각오는 한 셈이다

반백이 넘게 살면서
선택의 순간에 난
번번이 쉽고 빠른 쪽보다
힘들고 느린 쪽이
내 길인 듯 편했다

걷다 보면 한 번쯤
후회할 것을 알면서도
또 선택할 것이다

흥미로운 비탈진 골목길!

새 생명의 날
-성탄절을 지내며

유난히 빛나는 별 하나에 이끌려 다다른 곳
감히 바라볼 수 없는 작은 아기
황금, 유향, 몰약은커녕
헐벗은 마음 내드릴 게 없네

별빛의 신비
황홀한 울림
그만 바라보며 이르렀을 뿐이라네

뜨고 있어도 보지 못하고
열고 있어도 듣지 못하던
눈과 귀를 열어주셨다네

작은 아기 속에 감추이신
그 크신 분
그 사랑 안에 안기어

축복의 이 밤
다시 태어난다네

내 삶은 몇 점

답이 없는 문제는 없어
내가 쓰는 것이 답이야

알고 있는 대로 쓸 수밖에
정답이 아니라도 상관은 없어

베껴 쓴 답은 영혼이 없어
점수를 매길 수 없지

사는 데 정답이 있을까

일이 년도 아니고
강산이 변한다는 십 년도 아니고
짧다고 할 수 없는 세월의 삶
몇 점으로 매겨질까

채점은 누가 하지?

知天命

세월이 흐른 뒤
후회할 일이 많겠지만
사실 매 순간
채찍질하며 공을 들였다
천성이 그러니까
이 순간에도

내 안에 흐르는 커다란 물줄기
유한한 시간 위에
나의 대지를 구축한다
우주적 견지에서 보면 기껏
작은 실개천에 불과하겠지만
내 속에선 말한다

'소우주여!
대지 위에 꽃을 피워라
의심치 말고'

2020. 8. 22 [도장]

언제까지일지 모르지만

숨이 멎을 듯한 괴로움도
정상에 이르는 순간
하얗게 날아가 버리죠

바람결에 날려버리는
짜릿함 맛볼 수 있는 게
언제까지일지 모르지만

능력만큼 이르는 곳에서
딱 그만큼의 행복에 젖어 있을 때
그곳이 바로 나의 정상

더는 욕심이지요
더는 죄악이지요
허락하시는 순간까지만
받아 누려야지요

언제까지일지
저는 모르지요

가을 오후

바흐의 무반주 오르간 선율처럼
넘실대는 벼이삭 따라 금빛으로 흐르고 싶었다
아득한 기억 너머 유년의 가을 들녘에선

청명한 가을 하늘에 내걸리어 더욱이 투명해지는
이제는 바래어 버린 애증의 그림자 뒤로
미완의 수채화 전설 살아난다

억겁의 시간을 끌어안은 가을 햇살 속에
실핏줄마저 곰삭은 감처럼 곱게 익고 싶다
꿈도 사랑도 모두 끌어안고

굵은 실에 꿰어 걸린 곶감 단맛을 더하듯
중년 여인의 월동 준비로 분주한
가을 오후 뜨락에선 그리움이 영글어 간다

철이 든다는 건

철이 든다는 건
나를 품었던 껍데기를
돌아볼 줄 안다는 것

껍데기들이
무서운 폭풍과 눈보라
얼마나 꿋꿋이 견뎌냈는지 아는 것

그 껍데기에
대못으로 생채기는 얼마나 냈는지
헤아려 보듬을 수 있다는 것
감사할 줄 안다는 것

또 그런
껍데기 되어
견디며 기쁘게 살아간다는 것!

서툰 인생의 끝에는

인생 매 순간
모두가 처음 하는 일들뿐

서툴고
타이밍도 어긋나고
실수투성이로 버무려지고 말죠

열 달을 기다린 끝에 만난 얼굴들
반갑다고 웃을 때
놀라고 당황한 난 그만
울음을 터뜨리고 말았죠

걸음마를 시작할 때도
첫사랑을 만났을 때도
흰머리가 날 때까지
넘어지고 깨지고 놓쳐버리고
그리움만 남았죠

모두들 눈물 흘리는
마지막 순간조차도
어쩔 줄 모르고 위로한답시고 난
입가에 작은 미소 띠고야 말겠죠!

오늘

하루 전만 해도
맘 설레며 기다리던 내일이었는데

노을에 물들며 그만
좋았던 한 날이 되어 버렸네

다시는 만날 수 없는 시간
억만금을 주고도 살 수 없는
추억의 한 날이 되었네

함께 걸은 그 길과 다리 위
함께 바라본 빛나는 호수
함께 나눈 차와 식사

그리고
함께 웃은 웃음들

오늘은
길지도 짧지도 않은
한 편의 맑은 시!

돈 먹고 자라는 시
-제스 월터《시인들의 고군분투 생활기》를 읽고

사람이 돈 벌어 먹고살듯
글도 돈 먹고 나고 자란다

뜨거운 햇살 하나 가릴 수 없는 종잇조각
경박하게 딸랑거리는 동전닢

눈물 섞인 웃음으로
머리를 조아리며
자양분이 되어줄
그것들을 얻지 않으면 살 수 없다
글을 쓸 수 없다
마리화나든 무어든 돈 사야
꿈을 꾸고 싹을 틔운다

가족들의 생계를 저버릴 수 없어
무엇이든
좋다, 돈만 된다면
벌어 살고
글을 쓸 수만 있다면
눈물 섞인 굴욕의 빵을 씹으며
감당하는 시인의 고군분투

삶을 불사르고
영혼을 울리는 노래
다만 그것이
부르고 싶어서이리라

선, 선, 선

기본 필수
선마다 존재의 이유가 있죠

좁다란 골목을 덮은 선들의 행렬
어두워지는 골목 끝에서
불그스름한 기운이 비칠 즈음
오늘도 해가 마을을 지나갔음을 깨닫죠

태양보다 밝은 빛을 주는 선
친구보다 더 재밌는 오락을 주는 선
이웃사촌보다 멀리 지구 밖 소식을 주는 선

하늘을 가리고 집을 뚫고 들어와
내 몸마저 휘감아 버리는
선, 선, 선

헤어날 수 없이 얽매여
숨통을 조여 오는 찌릿한 파동에

사는 건지
살려지는 건지
쫓기듯 선을 타고
인생이 흐른다

그늘 즐기기

짧으면 짧은 대로
길면 긴 대로
그늘이 드리울 땐
그늘을 즐겨요

여름엔 시원함을
겨울엔 겨울다운
그늘 아래선 나름의 맛이 있지요

먼동이 트면서부터 노을이 지기까지
길고 짧게 지우던 그늘도
어느덧 평온한 밤에 묻히고 마나니

얇게 혹은 깊게
마음에 그늘이 드리울 땐
어느새 묻어줄 밤을 생각하며
그늘을 즐기면 그뿐이에요

시간이란 여행자

맘 설레며 기다리는 시간은
'드디어' 다가오고
그리곤 서둘러 추억이 된다

맘 괴로워 꺼리는 시간은
'기어코' 찾아와 버리고
이 또한 추억이 된다

시간은
기다림도 외면도
모두 안고
말없이 뚜벅뚜벅
추억을 쌓으며 간다

한 장 남은 달력 앞에서

습관처럼 11월 달력을 뗀다
가볍게 남은 달력 한 장
생각 없는 손가락은 가벼운데
수만 가지 아쉬움으로 묵직한 가슴

귀찮은 짐 덜어내듯
날려버린 열한 장
되찾을 수 없는 보석들임을
마지막 한 장 앞에서 떠올려보건만

허투루 흘려보낸 날들 아쉬워
한 장만은 알뜰살뜰 챙기리라
열한 장의 무게보다 더 값지게 살리라
다짐하고 섰는 사이
하루 해가 저문다

영원한 삶

짧은 날을 살고도
긴
여운을 남긴 사람들이 있다

감동으로
희망으로
여러 마음을 휘어잡고

제 육신의 날들보다
더 반짝이며
영원히 산다

죽음

아주 어릴 때
죽음은 부끄러움인 줄 알았다
무엇인가 잘못하거나 실수를 해서
죽는 것으로 알았기 때문이었다

조금 더 자라 죽음은
무섭고 두려운 것이 되었다
밝은 태양과 푸른 하늘의 반대편
어둡고 차가운 땅속에 혼자
묻히는 걸 보았기 때문이었다

그리고 죽음은
그리움임을 알았다
자상하신 할아버지 옛이야기
빠진 밥상에 앉을 때마다
밥알마다에 어리는 그분의
얼굴을 보았기 때문이었다

사랑하는 사람을 보낸 후 죽음은
가슴 저린 아픔인 줄을 알았다
더 잘해줄 수도 있었던 것을
이미 늦었음을 알았기 때문이었다

흰 머리가 늘어가며 죽음은
평화로운 안식임을 알았다
반신불수의 구박덩이로 사시던 고모님
잔소리 들을 일 없는 곳으로 가셨으니
차라리 잘됐다 싶었다

살 날이 산 날의 반이나 될까
죽음은 또 하나의 탄생임을 깨닫는다

성장의 단계마다 만난 죽음을 통해
철들었듯이 죽음으로써
새 삶을 맞이하게 될 것이
분명하기 때문이다

다시 태어난다면

다시 태어난다면
그저
한 자리 지키고 섰는
소나무로 태어나리

불어오는 바람에게
세상 소식 전해 듣고
하늘 나는 새들 노래 들으며
한껏 여유를 누리리

가끔
구름이 뿌려주는
빗물에 세수하고
우연히 지나는
나그네 맞아
솔향기 전하리

외로움은 내 친구

휴식의 시간
자유의 시간
나를 누리는 시간
나를 기르는 시간

외로울 때
비로소
나를 본다

외로울 때가 좋다
가끔은 외로움이 그립다
때론 철저히 외롭고 싶다

해남 문학 기행

머언 바다 남쪽
한반도 낮은 땅끝 마을
넘실대는 바닷가
꼬막 캐는 갯벌로만 그렸더만
웅장한 두륜산 두 팔 벌려
천지를 품었고나

한평생 몇 번이나 찾을까
기리고 기려 찾은 땅끝 마을
대흥사, 초당, 녹우당, 문학관……
어느 한 곳 놓칠까 두려워
눈길, 발길 분주하다네

어디나 주저앉아 읊조리면
시(詩)요 문장이니
작가 수를 헤아리기 어렵네
흔들다리 난간에 기대어 부른 영랑시
영롱한 구슬로 가슴에 와 박히네

아픔이 배인 땅
그리움이 쩌든 땅
목 놓아 부른 그 노래
바람 되어 하늘을 휘돌고
물결 되어 대지를 감돌아
제대로 전하기나 한 걸까
풍파에 못다 실어
밝은 달 떠오른 밤이면
적었을 그 숱한 마음편지

청하는 잠은 안 오고
새벽녘까지 곰곰 되새기며 뒤척이다
백련재 마당가에 나서니
시심(詩心) 담아 전하느라
다 닳아 바닥만 남은 날카론 초승달
나그네 마음을 저미네

장인(匠人)이라면

오자가 있으면 있는 대로
탈자가 있으면 있는 대로
문맥이 어긋나면 어긋난 대로

내용이 부실해도
구성이 엉성해도
그럴 수도 있지 암암

시인이 아닌 사람은
그럴 수도 있지
언어의 장인(匠人)이면서?

피땀으로 빚은 도자기
아낌없이 내리치는 쇠망치 하나
썩어가는 장기 하나 도려내는
날카로운 메스 하나
마음에 품어야
장인(匠人)이지

그 아픔에
희망과 용기를 품는다

제3부

아픔, 곧 희망

2022년 봄

자만심과 오만방심의 죗값인가
마스크로 입과 코를 가린 채
우울하게 겨울을 또 지났다

어김없이 봄은 오고
병문안 온 방문객처럼
함박 벌어진 꽃송이를
들이미는 꽃나무들

생기 돋우라
활기 찾으라
용기를 주는 고운 웃음이 고마워
나도 살아낼 수 있다는
희망 머금은 미소로 답한다

정말정말 웬만해선
버리지 않을 거란 믿음으로 다가오는 님들
마음 놓고 꽃 피울 수 있게
조금은 불편함 감수하기로 한다

인생

너와 나의 인생이 간다
차근차근 흐르면 좋으련만
동시에 춤추며 꼬인다

뚜벅뚜벅
점잖은 리듬으로 가는듯하나
삶의 시간은 굴곡이 심하다
가파르게 치솟는가 하면
수천 길 낭떠러지로 곤두박질친다
평온한가 싶지만
몹시도 잔인하다

남자와 여자의 인생이,
어른과 아이의 인생이 꼬이고
꼬인 채로 또 흐른다

너와 나의 인생이
흥미진진하다

아픔, 곧 희망

애기들은 크느라 아프고
청년들은 철드느라 아프고
중년들은 돈 버느라 아프고
늙은이들은 늙느라 아프고
......

평생이 아픔인데
기쁨으로 아픔을 낳고
즐거움으로 아픔을 기르며

그 아픔에
희망과 용기를 품는다

밤, 그리고 사랑

떠나야 할 것들은 떠나고
버려야 할 것들은 버리고
……
남은 것들은
밤이 좋아하는
고독, 그리움, 사색뿐이다

바람마저 숨죽이는
깊은 밤에
관념이 싹트고
아이디어가 반짝이며
인생이 창조된다

밤을 사랑한다
밤엔 사랑한다
남기 위하여
남기기 위하여

그늘이 그늘을

매일이 고달프고
힘들 때 그늘 한 줌
가슴 한켠에 들앉아 있는
어린 시절 누린
아버지의 널따란 그늘 한 줌
움켜내 입 속 그득히 머금어 본다

향긋한 비누내와
포마드 향으로 반죽된
아버지의 짙은 그늘로
내 삶의 그늘은 엷게 희석된다

색과 결이 달라 홀로 외롭고
지칠 때 그늘 한 타래
핏줄 타고 따뜻이 흐르고 있는
열 달을 머물며 잇고 맺은
어머니의 뜨거운 그늘 한 타래
그러모아 손끝 발끝 감싸본다

비릿한 생명의 내음과
보얀 분향으로 버무려진
어머니의 뜨거운 그늘로
내 삶의 그늘은 증발해 버린다

그늘이 그늘을 삭이고
살아가게 한다

아버지 냄새

밝은 햇살이 창호지를 가볍게 통과하여
꼭 감은 눈꺼풀을 뚫고
붉은 기운을 비칠 즈음
아버지 냄새가 풍겨온다

서늘한 바람과
흰 눈 냄새를
훅 몰고 들어온 아버지한테선
하얀 비누 거품 냄새가 났다

헛기침과 함께
담배 향기가 훅 불려 나오고
그것을 받아 폐까지 깊이 들이마시면
살갗 속속이 배어들던 그 깊은 사랑

푸른 포마드로
산뜻이 넘겨진 머리에선
희끗희끗
아버지 냄새가 났다

허연 입김이
창호지 건너온 햇살과 뒤엉켜
이글거리며 피어오르는 아침마다
성장을 재촉하는 냄새가 났다

넓은 세상으로 나아가
홀로서기를 기다리던
자상한 아버지 냄새가
사람을 키웠다

엄마의 다른 이름

엄마의 또 다른 이름은
눈물인가보다

'엄' 하는 순간
가득 차오르는 눈물로
가슴이 먹먹해지는 걸 보면

고마움,
미안함,
그리움,
안쓰러움,

......

아이들에게
나도
눈물로 차오르는
엄마일까

그땐 모르는 그대로가 좋았다

아침마다 아버지 손바닥에 씌여지는
두툼한 엽서 한 장

아침 바람 찬 바람에
기러기 울고 갈 제
먼저 드리고 싶은 마음
작은 내 손바닥에 쓰고 또 쓰고

곱게 쓴 내용이 무얼까
뒤집어 본 손바닥 엽서엔
투명한 글씨로 씌여진 사연

모르고 살아야 좋을,
부끄러워 감추는,
크면 알게 될 것들

그땐
모르는 그대로가
더 좋았다

엄마의 명언

큰일이 닥쳤을 때
세세한 힘줄까지 곤두선
푸르스름한 흰자위를 빛내며
'정신 똑바로 차려야 한다'
섬뜩한 말의 화살 날리시던 엄마

오늘이 며칠인지
아내가 누구인지
5분 간격으로 확인하는
아버지의 눈빛이 흐려질수록
'나라도 정신 똑바로 차려야 한다'
자신에겐 더욱 예리한 활을 겨누신다

하나둘이 아닌 자식 키우며
먹고 살기 바쁜 탓에
가난한 집으로 시집가는 딸에게
줄 거라곤 금붙이며 명품 대신
'정신 똑바로 차려야 한다'
이 한마디 예물로 챙겨주셨다

최전방으로, 특전사로 아들들 보내며
스스로를 지킬 무기는 이것뿐이라는 듯
'정신 똑바로 차려야 한다'
총 칼보다 더 강한 채찍 휘두르셨다

코로나 19로 공포감에 휩싸일 때
구순 나이와는 거리가 먼 강한 눈빛으로
'정신 똑바로 차려야 한다'
백신보다 효험 있는 주사 한 방 꽂으셨다

외할머니와의 하룻밤

팍팍한 늦여름 시골길을
흙먼지 날리며 타박타박 걸어
도착한 뜨락엔 헌 고무신 한 켤레 엎디어 있을 뿐
집안은 괴괴했다

나어린 동생 이끈 책임감으로
용감히 집주인을 찾아
삽짝문 나서는 고학년 언니 따라
아홉 살 작은 눈동자는
푸른 들녘 끝에서
엄마의 잔영을 찾았다

아홉 해 동안에
서너 번밖에 뵌 적 없는
외할머니는 그러나
어제 뵌 듯 낯설지가 않았다

단 과자 대접 못 함이 섭하다시며
가마솥 뚜껑에 고구마전 부쳐
아쉬움을 달래주시던 외할머니
눈길은 젊은 날 딸을 보듯 정다웠다

당신 곁에 잠자리 깔며
밤중엔 갈 수 없는
삽짝문 밖 뒷간 대신
머리맡에 놋요강 하나 놓아두셨다

어스름 달빛 스며드는 새벽녘
손녀의 작은 엉덩이 요강에 얹고
배뇨를 재촉하는 쉬 소리는
어제도 그제도 듣던 목소리처럼 낯익었다

코끝으로 농익은 엄마의 체취 맡으며
그다지 마렵지 않은 오줌
모아모아 조금이나마 흘려
고마움에 답하고 그 품에 쓰러지듯 안겼다

사진 한 장 남길 수 없었던
강원도 시골 영랑리 엄마의 고향
엄마의 엄마와의 하룻밤!

외손녀와의 그 밤을 당신도
저 세상에서 한 번쯤 떠올려보실까?

친구 한 사람만이라도

많지도 않지만

그중
한 사람만이라도

가끔 불쑥 찾아가 수다 떨고
용건 없이 만나 차 한잔하고
좋아하지 않아도 산길 걸어주고
함께 전시장 시시콜콜 구경하고
제 옷 사지 않아도 백화점 함께 가주고

부모님 영정 앞에 함께 밤새워 주고
둥글게 지어진 내 묏등에
첫 술잔 부어주는
그런 친구

둘도 아니고
단 한 친구 있다면!

할아버지 산소 앞에서

河海와 같은 며느리 사랑
알토란같은 손녀 사랑
넓은 가슴으로 보듬어주신 양반

아침 해는 다시 떠오르건만
먼지로 돌아간 그분
둥근 흙더미 하나로 남으셨다

듬성듬성 억센 떼를 박아놓곤
자식들도 금세 돌아서 버린
어둔 산허리에서
밤새
벌레들과 속삭이시며 정을 붙이셨을 게다

찬밥으로 저녁을 때우시고
그 밤 조용조용히 눈 감으시느라
애쓰신 마음은
땅속에 들기 전 이미
까만 재가 되어 있었으리

할아버지 그리워 쫓아온 적 없는 손자들
마지막으로 하나하나 헤아려보셨으리

양반의 죽음
미련으로 버둥거림 없이
하늘의 뜻을 따르신 순명의 지혜

먼 길 보내드린 그 밤
아직도 건넌방에선 가래 섞인 기침소리
손톱으로 돗자리 긁는 소리 들려온다

더듬더듬
어두워지신 눈 대신 손으로 손자들 모습 느끼시게
어리석은 마음에 얼굴 한번 제대로 대어드리지 못한 걸
畏敬하는 맘
제대로 한번 전해 드리지 못한 걸

흙먼지 되셨을 당신께선
이미 다
용서하셨을 게다

명의에게 바치는 노래

해쓱한 얼굴, 퀭한 눈으로
진료실 문을 밀고 들어서면
환한 웃음으로 맞아주시는 눈길이
X-Ray보다 더 빠르게 환부를 알아차린다
말도 꺼내기 전에

밤새
부둥켜안고 키워온 병세는
말기인 듯했는데
덩달아 웃음이 나온다

서늘한 주사액보다 더 빠르게
전신으로 퍼지는 눈빛
따스한 손길

'탈리타 쿰!'
그 한마디에
일어난 소녀처럼

'이제 괜찮아질 겁니다'
가뿐하게 진료실을 나서는 순간
다 나았습니다
약도 먹기 전에

감사하는 마음으로 드릴 한마디
건강하소서!

운명

달콤한 맛으로 다가왔지만
삼키고 난 뒤에 역한 비릿함이 있었지
사랑은 그러려니
알고 보면
속내는 다 그렇고 그런 것이려니
첫사랑에 눈먼 순진함

기웃기웃 남들 사랑
엿보기라도 해둘걸
바보같이

올가미에 걸린 새처럼
깃털이 다 뽑히고
맨살이 드러난 후에야
기만당한 분함을 내뿜으니
어이하리 닫힌 모공들

함께 쌓은 성을 보며
측은지심 보내오는 사람들

부수어버리고 싶지만
성벽에 기대이고 섰는 작은 생명들
어금니 앙다물며 끌어안는다

숙고의 시간에 멈출걸
기다림에 지칠 때 멈출걸
폭군의 탈을 썼을 때 멈출걸
사기꾼 옆에 섰을 때 멈출걸
축제의 외로움에 버려졌을 때 멈출걸

전 생을 걸고
괴로우나 즐거우나
저승까지 지고가야 하는
십자가!

젖먹이의 꿈

젖 먹을 때조차
두 눈 꼭 감고 꿈을 꾼다

어미를 바라보는 눈동자는
초롱초롱 빛나건만
무슨 꿈을 꾸는지 말하지 않는다
분명한데, 꿈을 꾸는 건
분명한데

헤치고 나온 그 깊은 세상
헤치고 나갈 그 넓은 세상
회상하고
짐작하고
겪고 있는 그 일들 옹알대며
어른들 마음 들뜨게 한다

원초적 사랑의 숨소리와 함께 생겨나
세상의 희로애락 다 들었으면서도
젖먹이는
두 눈 꼭 감고 새김질한다

나면서부터 말할 줄 알았더라면
지나온 세상 푸념에
다가올 세상 걱정에

미처 살기도 전에
포기할 수도 있었을 것을

듣도 보도 못하는 척
자신의 세계에 몰두한다

아기를 볼 때는

미래의 희망인 아기를 볼 때는
작은 몸을 보아서는 안 된다

그 작은 몸뚱이에
얕은 생각과 낮은 인격에 크지 않은 꿈꾸며
그저 그런 내일을 살아갈 거라는 생각은 버려야 한다

나라의 기둥인 아기를 볼 때는
작은 손발만 보아서는 안 된다

그 작은 손으로
대수롭지 않은 일을 하고
작은 성공을 하고
그 작은 발로 고만한 땅만 딛고
내가 아는 곳만 다닐 거라는 생각은 떨쳐야 한다

교만한 맘 꿰뚫고도 모른 척
그 작은 눈은 미지의 세계를 꿈꾸고 있나니!

저녁 산길을 걸을 때

어둑어둑해지는 저녁 산길
시커메지는 숲속에선
날랜 그림자들 휙휙 지나고
등골엔 서릿발 곤두선다

대낮엔 몰랐던
두려움이 온몸을
오그라들게 한다

황혼길에 접어들며
세상 우습던 일들이
천근의 무게로 매달리고 짓누른다

잠자던 정령들 살아나는
저녁 산길을 홀로 걸을 때
기댈 한 사람이
애타게 그립다

마음을 던지는 사람

툭툭
던지는 말 속에
마음이 녹아 있는
그 사람이 좋다

사랑한다
좋아한다
누구나 하는
아무에게나 하는
그저 해보는
말인듯하지만

이미 나에게
입혀보고 재단을 마친 후란 걸
들어보면 알 수 있다

내 삶 속에 슬며시 들어와
가볍게 던지는 말들로
사랑의 집을 짓고
고운 옷 입혀
의미 있게 살 수 있게 하는 사람

툭툭

마음을 던지는

그 사람이 좋다

시를 잉태한, 혹은
시로부터 탄생한 캘리 작품들

제4부

그리고쓰고즐기고…
꽃처럼 살거야
2020. 7. 21

시를 읊다 보면
그림을 그리고 싶고
그림을 그리다 보면
글씨를 쓰게 되고
글씨를 쓰다 보면 어느덧
시가 되어 춤을 추며
하얀 화선지 위에
주절주절 내려앉는다

시가 먼저인가
그림이 먼저인가
글씨가 먼저인가

나도 모른다
그러나 알고 싶지 않다
아무 상관이 없기 때문이다

연꽃

가식적이라고 말하지 마세요
고운 얼굴로 웃고 있다고
맑은 이슬 머금고 연초록으로 빛나고 있다고
진흙구덩이에 담근 발
고여 썩은 물이 네 바탕이라고
넓은 잎으로 가리고
보얗게 분칠한 얼굴로 피어났다고
가식적이라 말하지 마세요
일마다 그대로 구질구질한 이따위에
끄적끄적한 꽃 피운것보다 대견하지 않을까요

2020. 5.19

〈연꽃〉

세상의 희로애락
듣도보도못하는 척
젖먹이는 두눈
꼭감고자신의 꿈
에 몰두한다

〈아기의 꿈〉

차가운 강기슭에
발을 담그고
뼈 속까지 치미는
냉기 참으며 고의 결에선다
추위견디며 화사한 꽃
피운는 그 고통으로
사람들은 외종군의 작
부르나보라

수선화예찬

〈수선화 예찬〉

131

〈자작나무 숲〉

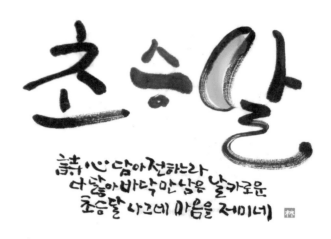

초승달

詩心 담아 전하느라
나 놓아 바다 만남을 날카로운
초승달 나그네 마음을 제미네 林

〈해남문학기행〉

133

목이 꺾이고
허리가
휘어도
그분 닮은
얼굴 하나
피워 올린
강격

2021. 시청
례도해로
〈해바라기〉우

〈해바라기〉

134

가을
한복판에
봄을던져
나도
가을이고자
했다 林

2022.3.25.

〈가을에 시를 쓰지 않은 건〉

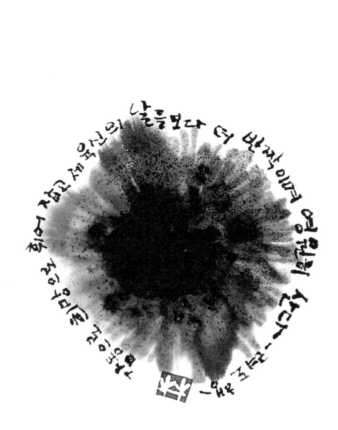

〈영원한 삶〉

봄밤
우아한
자태로오시어
망설이던
붓끝을날아
오르게하시네 [林]

〈목련으로 오시는 그대〉

밤 그리고 사랑

밤기기 위하여
사랑한다 밤기기위하여
밤을 사랑한다 밤엔
사랑뿐 …
아낌은 고독 그리움
남은 것들은 밤이 쏭
버려야할 것들은버리고
떠나야할 것들은 떠나고

2020. 2. 28.
木

〈밤, 그리고 사랑〉

138

듬성듬성
억센데
박아놓곤
자식들 곱게
돌아서 버린
어른 산허리에서
밤새 벌레들과
속삭이며
정을 덜이 셨을게다 林

〈할아버지 산소 앞에서〉

초판 1쇄 발행　2022. 4. 29.

지은이　려도행
펴낸이　김병호
펴낸곳　주식회사 바른북스

편집진행　김수현
디자인　양헌경

등록　2019년 4월 3일 제2019-000040호
주소　서울시 성동구 연무장5길 9-16, 301호 (성수동2가, 블루스톤타워)
대표전화　070-7857-9719 | **경영지원**　02-3409-9719 | **팩스**　070-7610-9820

•바른북스는 여러분의 다양한 아이디어와 원고 투고를 설레는 마음으로 기다리고 있습니다.

이메일　barunbooks21@naver.com | **원고투고**　barunbooks21@naver.com
홈페이지　www.barunbooks.com | **공식 블로그**　blog.naver.com/barunbooks7
공식 포스트　post.naver.com/barunbooks7 | **페이스북**　facebook.com/barunbooks7

ⓒ 려도행, 2022
ISBN 979-11-6545-723-5 03810